«Para Keith, Alli y Caryn. Calvin os quiere», J. B.

«Para Betsy, que con su amor y apoyo de tantos años ha hecho posible todo esto», K. B.

Como a Calvin, a **Jennifer Berne** le encanta ponerse las gafas para leer sus libros favoritos. Jennifer —y en eso Calvin y ella no se parecen en nada— ha colaborado durante mucho tiempo en la revista *Nick Jr.* y ha escrito un gran número de libros y guiones para televisión. *On a Beam of Light: A Story of Albert Einstein* y *Calvin no sabe volar*, este último publicado en castellano y catalán por Takatuka, son algunos de sus libros infantiles premiados. Jennifer vive en las onduladas colinas del condado de Columbia, Nueva York, y en verano migra hacia Maine para anidar en su velero.

Keith Bendis es un ilustrador cuyo trabajo se ha publicado en las más importantes revistas y diarios de los Estados Unidos, como *The New Yorker*, *Vanity Fair* y *Fortune*. Ha ilustrado también nueve libros, entre los que se encuentran *Calvin no sabe volar*, *The Fan Man* y *Casey at the Bat*. Vive en una vieja granja del condado de Columbia, Nueva York, a la que acuden miles de estorninos para alimentarse. Keith lleva gafas desde que era adolescente, y está convencido de que le quedan la mar de bien.

Título original: Calvin Look Out! A Bookworm Birdie Gets Glasses
© 2014 del texto: Jennifer Berne
© 2014 de la ilustración: Keith Bendis
Publicado originalmente en EE.UU. por Sterling Publishing Co
Traducción del inglés: Roser Rimbau
Primera edición en castellano: febrero de 2016
Derechos negociados por Ute Körner Literary Agent SLU, Barcelona
www.uklitag.com
© 2016, de la presente edición, Takatuka SL
Takatuka / Virus editorial, Barcelona
www.takatuka.cat
Maquetación: Volta Disseny
Impreso en Gramagraf
ISBN: 978-84-16003-56-3
Depósito legal: B 1326-2016

¡Calvin, ten cuidado!

El pájaro ratón de biblioteca necesita gafas

de Jennifer Berne

Ilustrado por Keith Bendis

TakaTuka

Calvin se acomodó en su rincón preferido de la biblioteca para leer libros de dragones.

«¡Vaya! ¡Aquí dice "VAGONES", no "DRAGONES"! ¡Por qué está tan borroso?», se preguntó.

Calvin decidió coger otro libro que le resultara más fácil de leer.
«Aquí hay uno sobre un dinosaurio amarillo. Un momento...
¡No es un dinosaurio, es una gallina!»

Al darse la vuelta para dejar el libro, Calvin tropezó con una silla.

—¡Pero qué pasa en esta biblioteca?

—Puede que sean tus ojos, querido Calvin —dijo la señora Leomucho, la bibliotecaria.

—Quizá tengas la vista cansada. ¿Cuántas plumas hay aquí?

Calvin se concentró mucho.

—¡Cuatro?... ¡Seis?... ¿Ocho? ¡Vaya, esto habrá que investigarlo!

«A ver... "vista cansada"... problemas para ver objetos cercanos... visión borrosa... Aquí pone "hi-per-me-tro-pí-a". ¡Hipermetropía! ¡Tengo una enfermedad rara! Un momento: es muy común y se puede solucionar fácilmente.»

Calvin leyó que esta enfermedad es hereditaria y pensó que por eso tío Raimundo siempre se chocaba con los árboles.

—Creo que necesito gafas. Gracias, señora Leomucho.

Y así fue como Calvin se dirigió a Villa Árbol para hacerse gafas.
«A ver... a la izquierda, después a la derecha... ¡Es aquí!
Dr. Buenavista, optometrista.»

Tras un pequeño examen...

... unas pruebas y ajustes...

... Calvin se fue a casa luciendo sus nuevos y espléndidos ANTEOJOS, como a él le gustaba llamarlos.

Estaba tan contento que voló enseguida al encuentro de la bandada.

—Calvin... ¿qué llevas en la cara? —se rio Alberta.

—¡Ey, mirad todos a Calvin! ¡Tiene ojos de mosca! —se burló Clemente.

—No es que ande como un pato... ¡Es que es CEGATO! —dijo Franklin con una risotada.

Los primos de Calvin se caían de las ramas de tanto reírse.

Calvin se sintió muy mal.

—Oh... —suspiró—, ¡vuestros cacareos son como aguijonazos en el corazón!

—Perdona, Calvin, pero es que pareces un... ¡FRIQUI! —soltó Clemente. Y otra vez estallaron en carcajadas.

Entonces Calvin recordó que
BEN FRANKLIN llevaba gafas.

Y también GANDHI.

Y también JOHN LENNON.

Y se marchó pensando que
estaba en excelente compañía.

Fue entonces cuando descubrió
que podía observar cosas que nunca
antes había visto. Cosas pequeñas.
Cosas muy interesantes.
    «¡Vaya, no sabía que el musgo
fuera tan bonito!»

Calvin agarró su guía de plantas y se adentró en el bosque para pasear. Estaba tan concentrado en esas pequeñas cosas que no vio la roca que tenía delante. La enorme piedra se balanceaba sobre unas ramas húmedas y llenas de musgo.

Y, de pronto, Calvin tropezó. El pie le resbaló, las ramas chasquearon, la roca se movió... y él aterrizó justo en medio, entre la roca y el montón de ramas.

«¡QUÉ HORROR, ESTOY ATRAPADO!

¡Qué situación tan peliaguda! ¡No debería haberme adentrado en el bosque solo! Tengo que tranquilizarme y buscar una solución.»

Pero mantener la calma no era nada fácil, y una gran lágrima rodó por su mejilla.
«¡Soy demasiado joven para morir! ¿Toda mi vida ha sido en vano?»

Calvin vio, a través de las lágrimas, el reflejo del sol en sus gafas. Esto le trajo a la memoria lo que había leído sobre Arquímedes, el gran inventor griego. Recordó que Arquímedes se valió de unos espejos para reflejar la luz del sol e incendiar los barcos romanos que les atacaban.

«¡Eso es!», concluyó Calvin. «Si él pudo encender un fuego solo con sus espejos, seguro que mis anteojos pueden enviar una señal.»

Calvin alzó sus gafas y empezó a moverlas hacia adelante y hacia atrás, una y otra vez, para captar la luz del sol.

Flash-flash-flash. FLASH... FLASH... FLASH. Flash-flash-flash. Una y otra vez.

Alberta estaba oteando el horizonte cuando
descubrió unos destellos que salían del bosque.
—¿Qué es eso? —se preguntó extrañada.
—Parece algún tipo de señal —respondió Clemente.

El señor Alamaestro, el profesor de vuelo, también alzó la vista. Enseguida se dio cuenta de que se trataba de una señal de socorro.

—Tres destellos cortos, tres largos, tres cortos —explicó—. Esto significa SOS en morse. ¡Alguien necesita ayuda!

Guiados por los destellos de Calvin, todos volaron inmediatamente hacia el bosque.

Cuando la bandada descubrió la terrible situación en
la que se encontraba Calvin, se quedaron horrorizados.
—¡Oh, no...! ¡Calvin está atrapado!

—¡Qué hacemos? ¡La roca es enorme y nosotros somos muy pequeños!
—Mirad ese montón de ramas. ¡Nunca podremos liberarlo!

Pero Calvin, que para entonces
llevaba un buen rato atrapado, ya
había pensado en una posible solución.

—Id a buscar aquellas lianas. Atad
algunas a la roca y el resto, a las ramas.
Y ahora tirad a la vez... ¡con todas
vuestras fuerzas!

Hicieron exactamente lo que Calvin les había dicho.
La bandada entera tiró y tiró y tiró hasta que,
gracias a un gran tirón final, la roca salió rodando y
la maraña de ramas se deshizo.

¡CALVIN VOLVÍA A SER LIBRE!

Esa noche, la bandada entera se reunió en la copa de un árbol para que Calvin les contara su peligrosa aventura con todo lujo de detalles.

—¡Vaya, Calvin, qué guay!

—¡Cuéntanos otra vez lo del alfabeto morse!

—¡Cuéntanos de nuevo lo de Arquímedes!

—Tus gafas te salvaron la vida, Calvin —dijo Alberta.

—Yo también quiero llevar gafas —dijo Manuel.

—Yo también —añadieron unas cuantas docenas de sus primos.

—Todos deberíamos llevar gafas —coincidió el resto de la bandada— y así podríamos enviarnos señales. Seríamos tan guais como Calvin.

—Pero no todos necesitáis gafas —respondió él—. ¡Ya está, tengo una idea! Preparaos, mañana nos vamos de viaje.

A la mañana siguiente se dirigieron a Villa Árbol para visitar
al Dr. Buenavista. El doctor estuvo todo el día muy atareado.

Resultó que 854 primos de Calvin tenían hipermetropía y necesitaban gafas, y el resto de los 66.578 estorninos se llevaron unas gafas de sol. Justo a tiempo para la migración.

Y así fue como, de camino al norte en busca del verano, la familia de Calvin se convirtió en la más guay de todo el cielo... cosa de la que se sentían todos muy orgullosos y felices.

Y, especialmente, CALVIN.

7